contos para ler
no bar

Luis Fernando Verissimo • Sérgio Porto
Ruy Espinheira Filho • Luís Pimentel
Autran Dourado • Edla van Steen • Luiz Vilela
Cristovão Tezza • Marçal Aquino • Ivan Ângelo

contos para ler
no bar

[org.] MIGUEL SANCHES NETO

EDITORA RECORD
RIO DE JANEIRO • SÃO PAULO

2007

CIP-Brasil. Catalogação-na-fonte
Sindicato Nacional dos Editores de Livros, RJ.

C781   Contos para ler no bar / Autran Dourado...[et al.]; [organização] Miguel Sanches Neto. – Rio de Janeiro: Record, 2007.

ISBN 978-85-01-07685-4

1. Antologias. (Conto brasileiro). I. Autran, Dourado, 1926- . II. Sanches Neto, Miguel, 1965- .

07-1068   CDD – 869.93008
CDU – 821.134.3(81)-3(082)

Copyright da organização © 2007 by Miguel Sanches Neto

Copyright dos textos © Autran Dourado, Cristovão Tezza, Edla van Steen, Ivan Ângelo, Luis Fernando Verissimo, Luís Pimentel, Luiz Vilela, Marçal Aquino, Ruy Espinheira Filho, Sérgio Porto.

Direitos exclusivos desta edição reservados pela
EDITORA RECORD LTDA.
Rua Argentina 171 – Rio de Janeiro, RJ – 20921-380 – Tel.: 2585-2000

Impresso no Brasil

ISBN 978-85-01-07685-4

PEDIDOS PELO REEMBOLSO POSTAL
Caixa Postal 23.052
Rio de Janeiro, RJ – 20922-970

EDITORA AFILIADA

Sumário

7 | Apresentação

13 | Autran Dourado
Três coroas

25 | Cristovão Tezza
Crepúsculo de chumbo e ouro

33 | Edla van Steen
Ele e ela

41 | Ivan Ângelo
Bar

49 | Luis Fernando Verissimo
Dezesseis chopes

53 | Luís Pimentel
Refresco de manga

| 61 | Luiz Vilela
Todas aquelas coisas |

| 75 | Marçal Aquino
Balaio |

| 85 | Ruy Espinheira Filho
Lembranças de um dia luminoso |

| 91 | Sérgio Porto
Momento no bar |

95 | Mapa dos contos

Apresentação

"Num bar se navega melhor", diz um personagem do conto de Ruy Espinheira Filho, revelando a natureza de território estrangeiro que é o botequim. Nenhum outro espaço é tão valorizado no imaginário brasileiro, pois o bar funciona como uma espécie de legião estrangeira, onde homens e mulheres se instalam para lembrar e/ou para esquecer. Eis aí os dois motivos que atraem os freqüentadores que se perdem da vida cotidiana para ancorar nas mesas e balcões dos botecos.

Um bar é antes de tudo a conversa, o momento da liberdade de expressão, onde se contam as coisas mais íntimas e as mentiras mais cabeludas. É um lugar de encontro com nossos fantasmas, mas também de encanto, pois num bar todos nos fazemos heróis. Heróis da resistência ou da renúncia.

No bar, legislamos sobre todas as coisas.

É isso que fazem os personagens de Sérgio Porto, em "Momento no bar". Os amigos se reúnem para beber e acabam numa conversa sobre o samba, cada um defendendo uma opinião sobre ele. Enquanto isso, eles vão enxugando mais uma, com direito a fundo musical para a sua difusa melancolia.

Mais melancólico ainda e muito denso é "Três coroas", conto de Autran Dourado. O narrador e o dono do bar bebem até altas horas, lembrando de um amigo morto. Um homem que viveu sob o signo de capricórnio, e que tinha dois nomes, Olímpio e Rodrigo. Ele bebia para esquecer a morte de um comandante de avião — de novo o bar se limita com a viagem — que era mais do que amigo. E foi sob o efeito do álcool que tudo confessou ao dono do bar. Um triângulo amoroso inusitado, a conversa doída e sincera no balcão onde os solitários adernam.

Já Luis Fernando Verissimo escalona as várias etapas das conversas de bar em seu "Dezesseis chopes". De acordo com o teor alcoólico, os assuntos vão deixando o caráter inocente e brincalhão para ficar mais tensos, acabando nas mágoas íntimas, mesmo que minúsculas. Somos sempre um poço de frustrações, muitas vezes miúdas, mas que afloram depois de alguns chopes.

Neófito nas letras e na vida boêmia, o narrador de "Crepúsculo de chumbo e ouro", de Cristovão Tezza, entra no bar com a avidez de quem quer entrar para a história literária, enfrentando o olhar severo de um leitor, porque este é o terreno das verdades ditas com todas as letras. Depois, o jovem foge pela cidade, tentando proteger seu pequeno e provinciano mundo literário.

O bar também pode ser o caminho para o quarto, como em "Ele e ela", de Edla van Steen. Vinte anos depois, os ex-amantes se encontram no bar escuro do apart-hotel onde agora vive o poeta mais uma vez descasado. Para fazer o percurso do bar ao quarto, eles devem recordar todo um tempo perdido, que, mesmo conservado como memória, não conseguem ressuscitar.

Pode ser também o espaço do sonho, como acontece em "Todas aquelas coisas", de Luiz Vilela, narrativa que mostra como este território agrega seres distantes, fazendo com que haja uma identificação profunda entre eles. O narrador convive com um espanhol que não se cansa de falar nas maravilhas de sua pátria, levando o jornalista, depois de muita economia, a uma viagem para ver ao vivo a Espanha que o amigo lhe comunicara. O final, quando se descobre a verdade sobre este ilusionista, não diminui em nada as maravilhas narradas, agora já incorporadas pelo amigo como experiência real.

É também um domínio da liberdade, onde os amigos de sempre encontram a claridade que os salva do longo período de obscurantismo político, no conto poético de Ruy Espinheira Filho – "Lembranças de um dia luminoso". A comemoração se impõe neste lugar onde todos querem esquecer um tempo e brindar pelos novos dias.

Mas o bar também assume outros significados, como o de espaço das mais dolorosas destinações humanas. Em "Refresco de manga", de Luís Pimentel, o bar é a zona, fronteira a que chega o jovem não para conquistar alguns segundos fugazes de prazer, mas para se confrontar com a imagem doce e pervertida de uma pessoa amada. O personagem se coloca entre a infância e o mundo adulto, entre a cerveja que ele começa a tomar e o refresco de seus dias de menino.

Suas versões mais cruéis aparecem em dois contos.

"Bar", de Ivan Ângelo, revela um ambiente povoado por bêbados em suas viagens transatlânticas e por homens mal-encarados, terreno essencialmente masculino, visitado por uma jovem tentadora que o busca para fazer uma ligação telefônica. A sua conversa vai dando detalhes que excitam os presentes, até terminar na iminência de uma violação.

Mas é violência pura, sem o menor sinal de sedução, em "Balaio", de Marçal Aquino. Aqui bar e bandidagem andam juntos. Os amigos são matadores, prontos para tudo. A polícia aparece, mas é despistada. Só não podem perdoar os invasores de outro bando. O bar é o local da chacina, tratada como um acontecimento rotineiro, que não assusta os freqüentadores nem o dono.

Assuma a forma que assumir, o bar é sempre um terreno familiar e estrangeiro, perto e distante.

Miguel Sanches Neto

Autran Dourado
Três coroas

Mais um, perguntava ele sorrindo, olha lá que vai ficar bêbado, e eu entendia logo a sua maneira delicada de dizer que precisava fechar o bar e ir para casa. Ele também não tinha para onde ir. Em geral não gostava muito de ir para casa. Em geral as pessoas de quem eu gosto, ou que gostam de mim, não gostam de ir para casa. Em geral estamos sempre fugindo, fugindo não sei precisamente de quê, cada vez mais longe de casa. Em casa faz um calor danado, em casa faz um frio danado. Não gostava de ir para casa, não tinha para onde ir. Era viúvo, e o negócio do bar lhe enchia a vida. Como eu enchia a vida com outras coisas. Muitas vezes dispensava os empregados, descia as portas e ficávamos os dois sozinhos. Ele se permitia então o direito de beber tranqüilamente alguma coisa, de preferência vinho tinto. Era gozado vê-lo com os lábios roxos e o prazer com que bebia vagarosamente, como se quisesse, com o movimento dos lábios e da língua, um estalido quase imperceptível, o olhar longe, se lembrar do gosto distante de um outro vinho. Os olhos mansos boiavam longe.

Era um homem gordo e bom. Amava o seu negócio e tratava mesmo os bêbados com alguma simpatia, quando não criavam casos. Não tinha família, não tinha ninguém, e de uma certa maneira aqueles fregueses diários, muitos deles conhecidos velhos, eram a constelação de sua vida, os filhos que lhe faltaram, a mulher que se foi embora cedo.

Você se lembra dele, me perguntou um dia em que, as portas descidas, as cadeiras sobre as mesas, ficamos sozinhos. Eu me lembrava bem, como esquecer a sua figura, a cara de menino envelhecido que lhe tornava a idade imprecisa. Algumas vezes parecia um velho abatido, as olheiras fundas, um ar magoado e sofrido, um desespero, que a gente adivinhava logo (ficava sempre só na mesa do fundo, os olhos parados, perdidos num sítio remoto); outras, quando acontecia alguma coisa dentro dele, um pensamento qualquer, uma lembrança talvez, era um menino inquieto bebendo escondido, os olhos vivos, atentos, assustados. Nunca nos falamos, apenas nos cumprimentávamos. Mas sei que não desgostava de mim, como eu às vezes sentia uma certa ternura por ele, um sorriso, um olhar amigo, uma compaixão incontida pela sua grande solidão. Tinha nascido velho, triste e pesado. Bebia lento e firme o seu uísque só com gelo. Os olhos graves não se despregavam da porta, como se estivesse esperando alguém. Nunca aconteceu entrar um seu conhecido, mas mesmo assim ele esperava. No princípio eu me inquietava com aquela espera, depois me acostumei com a ansiedade que lhe morava nos olhos. Bebia o seu uísque e olhava a porta do bar. Nunca o vi inteiramente bêbado, e quando ao sair andava trôpego, tinha uma dignidade no porte, uma maneira de desfazer a insegurança dos passos.

Me lembrava de suas mãos finas e pálidas, as unhas polidas, um anel de zodíaco. Tive sempre curiosidade de ver qual o seu signo, mas hoje sei, pelos modos, pela maneira recolhida e soturna, tensa, inquiridora, misteriosa, solitária e contemplativa, que devia ser capricórnio. Não podia deixar de ser capricórnio, conheço logo os capricórnios. Havia algo de feminino nos gestos, mas não se notava muito. Segurava o copo com força, e muitas vezes tive a impressão de que desejava quebrá-lo. O que se passava dentro dele eu não sabia. Os capricórnios em geral não se mostram muito. Era um capricórnio, via-se logo.

Me lembro sim, disse. Foi uma pena, disse Alfredo, mas a vida tem suas artimanhas. Olhei a cara gorda de Alfredo, não tinha nada de filósofo, apenas observava. Estava com vontade de conversar. Gostava de conversar, e quando caía nos seus assuntos prediletos, o demônio e a astrologia, falava sem parar. Foi ele que me ensinou a reconhecer um capricórnio. Tinha momentos de iluminado. Uma vez, como eu estivesse folheando umas reproduções de Cézanne, só de ver um quadro de árvores no inverno disse, alegre com a sua descoberta, só pode ser um capricórnio, tem a alma de um capricórnio. Como eu sorrisse incrédulo, achando que já era mania aquela paixão de descobrir capricórnio, me perguntou quem era o pintor. Cézanne, um francês, disse eu. Pelo amor de Deus, disse ele inquieto, veja a data. Para meu espanto, nas indicações biográficas, lá estava: Aix-en-Provence, 19 *janvier*, 1839. Ele sorriu feliz, mais feliz do que se tivesse pintado um quadro de Cézanne. Além de capricórnio, falava sobre a presença do demônio, sobre os casos que conhecia. No capítulo das tentações, era insuperável. O seu demônio não era muito metafísico, fazia parte da vida diária, estava sempre presente, lutava com os homens, se aliava a alguns.

Quando o demo entra a gente nunca sabe, disse Alfredo. Ficou parado algum tempo, encheu de novo o copo. Você algum dia desconfiou que ele era, perguntou. Não sei, respondi, aqueles olhos, aquele jeito de menino, aqueles gestos talvez denunciassem... mas às vezes a gente se engana, é alma de criança. Eu nunca me enganei, disse Alfredo, conheço esses pobres coitados.

Ficamos calados, eu procurava me lembrar da figura de Rodrigo, conferia retalhos de lembranças. Rodrigo ou Olímpio. Ele se chamava mesmo era Olímpio. Foi Alfredo que me contou a história do nome. Quem se chamava Rodrigo era o comandante. Depois que o comandante morreu, quando o seu avião caiu no mar, ele passou a usar o nome do comandante. Só os seus conhecidos antigos o chamavam de Olímpio, do que ele não gostava, me contou Alfredo.

Mas era, disse Alfredo. Um dia que ele estava mais bêbado, se abriu para mim. Nunca tinha visto um homem se abrir assim, dizer o que ele me disse, disse Alfredo. Fiquei sem saber o que fazer, vendo o desespero, o choro contido, a franqueza com que ele me contava a sua paixão. Foi então que Alfredo ficou sabendo que o nome dele era Olímpio, e não Rodrigo. Rodrigo era o comandante, disse Olímpio, os olhos cheios de lágrimas. Alfredo não suportava ver homem chorando, pediu a Deus que não deixasse aquele homem chorar. Toma mais um uísque, disse Alfredo.

Sim, disse Olímpio sugando a lágrima que ameaçava cair dos olhos.

Depois que Rodrigo morreu, posso dizer que a minha vida acabou, disse Olímpio, sou outro homem, ou melhor, não sou mais ninguém. Para ressuscitá-lo, para colocá-lo vivo dentro de mim, para que a morte não ficasse dona dele sozinha, passei a usar o seu nome.

Você pode imaginar como eu fiquei, disse Alfredo. Nessas horas a gente não sabe o que dizer. Qualquer palavra, qualquer manifestação de simpatia cria um clima confuso, parece que a gente também é. Tive vontade de passar a mão na sua cabeça, de afagá-lo, tão abandonado parecia. Nunca vi sofrimento assim. A gente tem cada sentimento, pensei rápido, me censurando pelo desejo de amparar aquele pobre-diabo sozinho e perdido, disse Alfredo. Às vezes a gente pensa que um pensamento é da gente, vai ver não é, é o demo que já entrou.

Olímpio tinha negócios em Belém. Pelo menos uma vez por semana ia a Belém. As viagens eram longas e cansativas sobretudo para ele, que não conseguia dormir no avião. Ficava inteiramente insone, prestava atenção nos outros passageiros dormindo, e tinha inveja daquela segurança, daquele destemor que os fazia dormir. Conscientemente não sentia medo, só que não conseguia dormir. Encostava a cabeça no vidro frio da janela e olhava a escuridão da noite lá fora. O barulho dos motores varando o mundo fechado e sem fim da noite. Às vezes havia lua e estrelas, mas a solidão pesava fundo. Ficava horas olhando a luz da navegação na asa, o fogo do motor que a luz do dia não deixa ver. Uma casquinha de noz boiando entregue a forças invisíveis. Não tinha medo, no bojo do avião ia anotando friamente as sensações. Não conseguia dormir, só isso. Porque não conseguia dormir e às vezes não suportava a solidão, quando esgotava todas as lembranças e o poço era vazio, levantava-se e ia conversar com a aeromoça. Muitas vezes a aeromoça também dormia. Foi assim que conheceu o comandante. Este, como ele, não dormia. Foi assim que conheceu o comandante, que fazia aquela linha há três anos.

Alfredo parou um pouco, bebeu um gole de vinho e disse, é estranho tudo o que estou contando. Tem horas que não consigo entender direito, ou entendo tudo claramente, e fico pasmo. Para que as pessoas contam as coisas pra gente? Talvez para buscar apoio, talvez para nos fazer participar de seu mundo. É, disse ele, a gente tem mesmo de parar e olhar a vida, observar, tirar as suas conclusões. Isso ensina, o mundo é cheio de mistérios, o demo está em toda parte. Me serve outro uísque, disse eu; ele serviu e continuou.

Uma vida inteira se passou entre Olímpio e o comandante. Fico imaginando o que era a vida dos dois, pelo que Alfredo me contou. Alfredo também imaginava, porque essas coisas a gente não consegue realizar inteiramente sem o auxílio da imaginação. Aquelas mãos finas e pálidas, os dedos longos, o anel de zodíaco. Os capricórnios são assim, sei.

Depois o comandante morreu. Começou então a longa luta de Olímpio com as lembranças e com a morte. Ele não podia deixar-se vencer. Era uma luta muito desigual aquela de Olímpio com a morte. Olímpio tinha sempre de perder. Um homem sabe muitas coisas, mas não sabe certas coisas. Tinha de perder, certamente. Mas ele não se convencia, um homem não se convence facilmente, a sua dor era maior do que a noite sem fim que ele observava do ventre bojudo do avião.

Agora as noites eram densas, povoadas de lembranças e de desespero. Como custava a chegar. O avião varava o negrume da noite. Ele não via mais a noite, o fogo, a luz de navegação. Insone, tenso, buscava recriar dentro de si um mundo para sempre perdido.

Eu disse pra você que ele era capricórnio, perguntou Alfredo. Não precisava, disse eu, conheço os capricórnios. Alfredo sorriu e foi buscar uma garrafa de vinho na prateleira.

Todos dormindo, observou Rodrigo. Consultou o relógio. Devemos estar sobre a Bahia, concluiu. O comandante me disse. É muito simples, basta riscar no mapa e calcular, lembrou ele. O comandante sabia o seu ofício. Era uma segurança viajar com o comandante Rodrigo. Mesmo assim um dia foi mergulhar para sempre no mar.

Não sabia se era fome o que estava sentindo. Não era fome, era mais um bolo na garganta, uma fundura no estômago. Os olhos cheios de lágrimas.

Que é que se passa com você, perguntou a aeromoça com uma delicadeza que ele não sabia se era profissional ou se era compaixão pelo seu sofrimento. Não gostava que sentissem pena dele, como não queria que lhe descobrissem o sofrimento. Aquele era um terreno todo seu, o mundo que lhe restava. Não queria a presença de estranhos, precisava sofrer. Nada, disse ele, não consigo dormir, fiquei pensando em muitas coisas e me vieram algumas lembranças tristes. Dá pra se notar, perguntou. E se contasse àquela aeromoça tudo? pensou. Havia uma ponta de maldade dentro dele, um desejo de ofender, de escandalizar, de se humilhar, de emporcalhar tudo. Dá, disse ela, há muito que o venho observando. Eu também não consigo dormir. Você quer alguma coisa? Tenho uísque lá dentro, você quer?

Antes que pudesse responder, ela se levantou e foi buscar o uísque. Por que aquela intimidade? Por que o chamava de você e não de senhor, se sua obrigação era servi-lo? O que vou lhe dizer vai acabar com toda essa delicadeza, com essa voz macia, pensou com ódio. Mas ela já estava de novo ao seu lado.

Agora está melhor, perguntou ela. Estou, disse ele, uísque espraia dentro do peito, faz bem. Ela bebeu um pouco. Que é que você está pensando, perguntou ela. Nada, disse ele, não consigo dormir, é só. Eu também não consigo, é engraçado na minha profissão, não é? Durmo muito pouco, fico angustiada. Quando a coisa dura muito, tomo um comprimido, mas não gosto, prefiro ficar acordada. Seconal é ruim, a gente toma um, depois dá vontade, uma vontade terrível de tomar todo o tubo. Comigo pelo menos é assim. Rodrigo olhou fixamente os olhos da aeromoça. A aeromoça não se assustou com os olhos de Rodrigo. Pensava num comandante que conheci, disse ele. Engraçado, disse ela, eu também pensava num comandante que eu conheci e por isso não podia dormir. Mais um pouco de uísque, perguntou. Sim, bem forte, talvez assim eu consiga dormir, disse ele. Ela serviu-o, depois derramou uísque no seu copo. Bebia puro. Não devo beber em serviço, disse ela, mas a esta hora, como todos estão dormindo...

Como é que você se chama, perguntou ela. Rodrigo, disse ele. Olhou para a aeromoça e viu que ela chorava. Que é que se passa com você, perguntou ele. Nada, disse ela, é que eu estava justamente pensando num comandante que eu conheci, se chamava Rodrigo.

Olímpio sentiu um baque fundo dentro do peito. Tudo desmoronava. O avião podia cair, estava salvo, ninguém saberia deles. A aeromoça o olhava espantada. Que é, está se sentindo mal? Não, disse ele, eu também pensava num comandante que se chamava Rodrigo.

Na verdade eu não me chamo Rodrigo, mas Olímpio, disse ele, começando a contar a sua história. Ela ouvia, os olhos brilhando na escuridão. Não havia mais lágrimas nos seus olhos, como ele viu um momento, mas um brilho duro que furava a alma. Ele contava a sua história e ela ouvia, tensa, difícil de penetrar.

A aeromoça tomou-lhe a mão e apertou-a bem junto ao peito. Um longo silêncio pesou entre os dois. A noite lá fora era densa, o avião cortava a escuridão.

Me beija, disse ela. Rodrigo beijou-a. Mais forte, pediu ela, me esmaga. Rodrigo apertou-a com todas as forças, como se desejasse destruí-la. Então era com você que ele me traía, pensaram os dois ao mesmo tempo. Não disseram nada, sôfregos, vorazes, desesperados. O avião singrava uma noite pesada, redonda, e eles eram sozinhos na escuridão.

Quer outro uísque, me perguntou Alfredo. Não, basta. Acho que já estou bêbado. Parei um pouco, precisava pensar. Não entendo direito: então eles foram para São Paulo e ficaram no mesmo quarto? E se amaram violentamente, disse Alfredo. Como só os desesperados sabem fazer, fiquei pensando tonto.

Não sei mais o que Alfredo me contou. Tudo se mistura no meu espírito. A névoa da bebida era agora mais forte. Uma luz de navegação piscava incessantemente. Sentia um formigamento nos pés, os músculos do rosto como que anestesiados. A luz era vermelha, parecia um apelo para mim. Só eu podia entendê-la. O avião bojudo, carregando escuridão, furava a noite, penetrava-a como um dedo se afunda em sonho na carne, como um peixe atravessa a água do aquário, numa só substância: como se não houvesse separação entre o mundo e as coisas criadas pelo homem. Preciso dormir logo, não me agüento, vou cair, quem sabe se um seconal, pensou rápido dentro de mim o vulto noturno da aeromoça. Um tubo, ouvi distintamente a voz da aeromoça, que eu nunca tinha ouvido. Os dois se mataram foi a gás, disse Alfredo me amparando. Não sei se era uma conclusão ou um aviso para mim.

Cristovão Tezza
Crepúsculo de chumbo e ouro

Essa história de escritor nasceu errada do princípio: idéia de Mara.

— Por que você não põe teus pesadelos por escrito? Uma terapia, meu amor. Solte o verbo, só faz bem.

Fui mordido pela mosca azul. Um escritor! Nada mau! E a idéia vindo de Mara, melhor ainda — isentava-me de responsabilidade. Comecei do começo: comprei uma máquina de escrever e 500 folhas de papel sulfite. Não era bem isso que Mara pretendera — a conversa de pesadelo e terapia —, mas eu tinha tal horror de me descobrir e não gostar do resultado que comecei logo por contar história dos outros. Iniciei com um pavoroso homicídio num corredor sombrio, em que uma mulher loura era retalhada a navalha e depois empacotada numa lata de lixo. O crime foi presenciado por uma criança e um velho, que se esconderam num porão. Depois de algumas peripécias confusas, a loura ressurge na beira de um penhasco, nua, rodeada de cães fiéis e ferozes. Não sabia mais como acabar aquela idiotice; coloquei a palavra *Fim* — eram já umas quatro horas da madrugada — e no mesmo dia corri para mostrar a Mara, bicho amestrado à espera do torrão de açúcar.

— Não está mau — disse Mara, mordendo o lábio. Sorriu, traiçoeira: — Pelo menos não está *muito* mau. A propósito: *paralisar* escreve-se com *esse*.

Enquanto ela mesma corrigia miudezas com a caneta, eu percebi, satisfeito e irritado, que ela sentiu inveja. O sintoma: não olhava para mim. Não que a história fosse boa. Bastou Mara fazer correr seus belos olhos pelas linhas do texto, silenciosamente, página a página, com um sorriso infinitesimal suspenso nos lábios carnudos, para o sangue me subir à cabeça e eu morrer de formigamento e suor. Estava nu, justamente diante da minha maior inimiga. Mas havia alguma coisa naquele conto sem pé nem cabeça que perturbou Mara, que mesmo a incomodou, e mais ainda pela necessidade nervosa de aparentar benevolência.

— Essa loura sou eu, suponho.
— Ahn? Não pensei nisso. Você é morena.
— É claro.
— Como assim?

— O inconsciente, meu anjo. A censura. — Suspiro, e um sorriso: — Mas você é mesmo brilhante para um início de carreira. Que clima fantástico você criou! Ainda pode ser um bom escritor, *mesmo*.

— Não quero ser bosta nenhuma.

Recusei o beijo oferecido, mais por birra — a mosca azul surtia efeito —, e estendi o braço para recolher minha vergonha. Ela dobrou as folhas e guardou-as na bolsa. Reclamei:

— Me dê aqui esse troço de volta.

— Nada disso. Vamos mostrar pro Fontana.

— Que Fontana?

— Um cara que entende de estética. Você precisa de alguns macetes. E agora me dê um beijo. Serei a sua empresária. Juntos, moveremos o mundo!

Tentei decifrar aquela ambigüidade; difícil acreditar que ela estivesse orgulhosa de mim. Talvez sim, pelo fato de eu ser um pupilo. E talvez ela desejasse que o conto resultasse mais ridículo ainda. De qualquer modo, no fim da tarde ela me levou ao Bar Canarinho, onde Fontana presidia uma mesa ao pé da escada, já cheia de garrafas de cerveja, de admiradores e de um grande desencanto. Eu estava francamente nervoso; entrava de supetão no universo soturno dos homens das letras, dos escritores e dos poetas, e, como sempre, sem preparo nem iniciação. Fontana não olhou para mim; preferiu prestar atenção à gravata, ao corte do meu terno, ao meu cabelo penteado, às minhas costeletas aparadas, à minha pasta de couro, talvez até ao sapato lustroso — e sorriu, não sei se da minha imagem ou por deferência a Mara. Mara era irritantemente dada aos artistas, essa classe superior de gente. Trocaram beijinhos, toques de mão, sorrisos, numa cabala secreta. Havia outros Artistas à mesa, que não prestaram atenção à nossa chegada, exceto pelos olhares, rápidos e penetrantes, às pernas de Mara.

Fui rapidamente apresentado; abriu-se um espaço na roda, sentamo-nos e enchemos imediatamente os copos que o garçom, instantâneo, depositou na nossa frente. Fontana era poeta de prestígio e jornalista, sua profissão na vida real. Ficamos alguns dois ou três minutos sem assunto, até que Mara tirou da bolsa aquela bomba datilografada. Para controlar a vergonha (e o medo profundo do ridículo), bebi rapidamente minha cerveja, enchendo outro copo, enquanto Fontana debruçava as barbas, severo, sobre a obra. Como estímulo, Mara apertava minha mão fria com seus dedos sedosos; aguardávamos, tensos. Um editor de Nova York não seria tão respeitado. No meio daquele silêncio — o bar ainda com pouco movimento, Fontana sem despregar os olhos do papel — a imortalidade me sussurrou cânticos de glória. Quem sabe?

Virada a última página, o poeta pediu outra cerveja, depois de procurar alguma sobra nas garrafas vazias, e desfechou sem me olhar:

— Teu conto é um tanto ingênuo.

Antes que Mara começasse a me defender — tinha já empinado os peitos —, Fontana contemporizou:

— Mas é interessante.

O que, bem pensado, não quer dizer nada. Que merda fazia eu ali? Fiquei com um caroço na garganta. Teria Fontana encerrado seu veredicto? Não; deu um gole fundo, ocultou um arroto entre os dedos peludos, virou uma que outra página, numa concentração sábia, e prosseguiu:

— É um texto romântico-fantástico. Mais pra Poe do que pra Kafka. Como você... — dedos torcidos no ar, ele procurava a palavra, os gênios também procuram a palavra — como você definiria tua linha literária? — e me olhou nos olhos, surpreendentemente (para mim) com bonomia.

— Linha? — Olhei para Mara, buscando socorro. Ela sorria, também esperando. — Eu sou um ignorante. É a primeira coisa que escrevo.

Acredito que a simpatia de Fontana decorreu do fato de eu não lhe fazer a mínima sombra. Encheu meu copo, protetor:

— O que você tem lido?

Mara me olhava, ansiosa — a infeliz realmente apostava nas minhas qualidades. Vamos lá, menino! Mostre de quem você é aluno!

— Eu?! — Dei outro gole, demorado, para ganhar tempo. — Leio... leio um pouco de tudo, policiais, é... os livros que a Mara me passa e... é isso aí.

Mara crispou as unhas na minha perna: com certeza eu estava enterrando para sempre meu futuro de escritor. Fontana agora era o general absoluto da mesa. Me remoí de ódio. A troco de que me submetia àquele inquérito ultrajante?

O mestre sorriu da minha bibliografia capenga e meteu novamente os olhos no conto, atrás dos defeitos. Bebi mais um gole.

— Posso dar uma sugestão?

— Claro.

Amargura azeda no peito, vi a Imortalidade e o seu séquito de Glórias desprezando-me para nunca mais.

— Você precisa trabalhar a linguagem. Enxugar o texto. Sabe como?

Fiz que sabia, já olhando a porta de saída.

— Por exemplo — e Fontana selecionou um parágrafo com a unha. — Ouça isto: *Nas ruínas despedaçadas da cidade, descia um crepúsculo de chumbo e ouro.*

Fitou-me sorridente, à espera de que eu confessasse o crime. Virei um ouriço:

— Que é que tem?

Mãos me agarrando o joelho, Mara aconselhou, pressentindo o estouro próximo:

— Preste atenção, meu amor, que o Fontana entende do riscado.

Fontana largou a página.

— Me desculpe, mas está muito ruim. Começa pela aliteração: *despedaçadas da cidade descia*. Soa mal, não? Da-da-da-da-da. Depois, a redundância: *ruínas despedaçadas*. Perfeitamente dispensável.

Meu rosto começou a queimar. Não suporto críticas: todas são destrutivas. Não suporto o mínimo arranhão aos meus gestos, falas, obras, pensamentos, atos — nada. Não posso tolerar o erro, passado, presente, futuro, consciente ou por acaso. Não admito reparos; sou inteiriço. Indiferente ao meu desespero — eu queria morrer —, Fontana prosseguia com requintes de crueldade e paciência:

— Até aí, tudo bem. Se a gente procurar, até a Clarice escorrega de vez em quando. Mas o último trecho, por favor, não me leve a mal, mas é um horror: *crepúsculo de chumbo e ouro*! Um ranço, parece coisa do Coelho Neto, do pior Alencar, do...

— ...do José Sarney! — completou um dos Artistas, um barbudinho calhorda, explodindo numa gargalhada contagiante que Fontana (com uma ponta de respeito) reprimiu a custo.

Para início de conversa, foi o suficiente. Recolhi meu opróbrio da mesa, consegui dar um sorriso — sou vendedor, tenho de sorrir — e me arranquei, Mara atrás de mim feito carrapato.

— Que grosseria você me apronta!

— O Fontana que vá pra puta que pariu.

Continuei a andar, fumegando. Uma injustiça: hoje reconheço que aquela foi a melhor aula de literatura de toda a minha vida. Na praça Osório ela me puxou com força:

— Calma, meu amor. Calma.

— De que lado você está?

— Do teu, é claro. — Parei, superior, com vontade de chorar. — Mas, calma. No começo é assim. Não vamos brigar por besteira.

A mão dela estava quente na minha mão. Insisti:

— *Crepúsculo de chumbo e ouro*. Você não acha bonito?

— É claro que é. Ele não entendeu.

Decidi, fervoroso, nunca mais mostrar a ninguém nada do que eu escrevesse. Suspirei. Abraçados, contornamos a praça, enquanto descia na Curitiba em ruínas um crepúsculo de chumbo e ouro.

Edla van Steen
Ele e ela

Se ele disser "boa noite, passarinho", ela se levanta e vai embora. Não permitirá alusões ao passado. Aceitou o encontro para devolver as cartas. Nada mais. E foi para casa mais cedo, queria tomar um banho e se arrumar, há anos eles não se viam, escolheu um taier preto, roupa de velório, a filha reclamou, você vai se encontrar com aquele ex-colega ou vai ao enterro dele? Ela hesitou em trocar tudo, dos pés à cabeça. Desistiu. Aquele encontro já era uma despedida. Um oi e um tchau.

Muitas vezes relera a correspondência trocada. Tinha cópia da sua e da dele, só para não manusear as originais. Enternecia-se tanto. Isso foi antigamente, porque hoje seu lado sentimental se revelava ao assistir a filmes, chorando por qualquer bobagem. As cartas não significavam mais nada.

O encontro era às seis horas, no bar do apart-hotel onde ele morava, pois estava separado da quinta mulher. Os casamentos não davam certo porque ele devia ser um neurótico daqueles que ninguém agüenta.

Os dois se conheceram quando ambos trabalhavam no jornal. Ela cobria cultura, e ele, esportes. Ela sonhava publicar suas entrevistas, e ele, os seus poemas. Gostavam de discutir o que liam, saíam em bando com os colegas para tomar chope nos bares de Ipanema, a vida profissional lhes sorria. Como namorados, brigavam sem parar. Ela casou com um primo, teve a filha. Ele começou a série de ligações e casamentos. Hoje, ele é um poeta conhecido, publicou vários livros, e ela não fica atrás. Tem sete títulos. Cada um seguiu a sua trilha.

O bar do hotel estava escuro. Fechado? — pensou em procurar alguém da portaria. Mas ele a tinha visto lá de dentro e veio buscá-la.

— Que escuridão. É assim mesmo? Como vai?
— Agora estou melhor, porque você chegou. Que quer tomar?

Ela quis responder que não bebia, mas aceitou uma cerveja. Acostumava-se com a penumbra, olhou-o de lado, como quem não quer nada. Os cabelos ficaram grisalhos, e continuava com os dedos amarelos de cigarro.

Ele notou que ela o examinara, e sorriu. Nada estava perdido, ainda.

— Conte tudo, de uma vez.
— Contar o quê? — Ela ficou sem jeito.
— Tudo.
— Comece você.
— Bom, me separei de novo. Estou morando aqui. Sustento quatro filhos e não tenho dinheiro para nada. A revista paga pouco e de direito autoral de poesia ninguém vive, como você sabe. Faço tradução para me equilibrar — acendeu o cigarro.

Ele tem os dedos curtos, mão gordinha. Ela se lembrou que... Não vou pensar em nada disso. Não vou. Mas foi a doçura daquela mão que a conquistou.

— Não posso me queixar da sorte — ele continuou. — Tive um enfarte e comi todas as mulheres que eu quis. E você?
— Fiquei viúva. Minha filha vai fazer vinte anos.
— Viúva e bonita desse jeito? Já deve ter fila de...
— Imagine. Continuo trabalhando no jornal, que está agonizando, e qualquer dia fecha. Enquanto isso não acontece...
— Algum namorado? — Ele lhe interrompeu a frase.
— Nem pensar. Não tenho tempo.
— Tempo?
— Exatamente: tempo. E vontade. Não tenho mais paciência com homem.
— E com mulher?

— Ainda não experimentei.

— Se você continua a gostar de fazer amor do jeito antigo, devia tentar.

Ela corou. Ele não tinha direito de falar em certos assuntos. Não tinha mesmo. Melhor que se levantasse.

— Desculpe. Foi uma lembrança repentina.

Ela voltou a sentar. Conversaram durante uma hora e ele se aproximava cada vez mais no sofá. O garçom repetiu o chope, a cerveja e a vodca.

— Um brinde ao que nós já fomos.

Ela riu.

— Se é que o que nós já fomos mereça qualquer comemoração. Dois fodidos numa redação pífia.

— Que se amaram — passarinho. Isso sim é importante. Beije a minha mão.

— Quê?

Aquilo era uma tremenda intimidade. Quem lhe deu o direito de...?

— Deixa de ser boba. Use e abuse. Você merece. Já está bem grandinha para bancar a mocinha ofendida. Olha para mim. Prefere subir?

— Não. Obrigada. Ainda sou romântica. Não consigo me ligar a ninguém sem amor. Desculpe. Quando vi você, de novo, senti saudade, não vou negar. Saudade do tempo em que gostava de você. Do tempo em que você me mandava poemas.

— Vi sua foto numa revista cafona. Tive uma recaída.

— Para que você quer as cartas?

— Para publicar. Meus melhores poemas estão nas suas cartas.

— Eu não admito que você...

— Não vou dar nomes.

— Os poemas não são bons. São eróticos demais.

— O erotismo está na moda.

— Não permito que minhas cartas sejam publicadas. Todo mundo vai saber que são para mim.

Ele molhava os dedos na vodca e lambia um por um. De repente se levantou para ir buscar mais uma dose, e ela aproveitou para ir embora. O encontro deu o que tinha de dar. Talvez eles se encontrassem de novo. As cartas ainda serviriam de pretexto, guardou-as na bolsa, e, rindo, foi esperar um táxi.

— Você não vai assim, sem mais nem menos. Venha comigo. Vou pegar meu paletó e a gente sai.

Ela tentou negar.

— Confie em mim. Venha. É rápido.

No elevador, o garçom se colocou entre os dois.

— E essa revista, *A Semente*, onde você trabalha, é legal?

— Dois fotógrafos, alguns colunistas contratados. O resto eu escrevo. É distribuída num supermercado da

Barra. A vantagem é que não preciso ficar em nenhuma redação. Desenho as páginas e mando ver. Minhas reuniões de pauta são sempre em restaurantes ou bares.

— Tudo o que você pediu a Deus — eles riram.

A porta do elevador abriu, e eles foram até o apartamento.

— Espero aqui.

— Pode entrar, gatinha. Não mordo. Nem sou mais o mesmo. Pendurei as chuteiras, viu?

— Ver para crer.

— Troco de roupa num minuto.

Ela sentou em frente ao computador.

— Posso abrir meu *e-mail*?

— Claro.

Ela ouviu que ele estava tomando banho. Nenhuma mensagem nova. Fechou. Quando ia desligando o computador, notou um ícone com o seu nome. Clicou. Quantos arquivos. Fotos que eles tiraram vinte e tantos anos atrás, tão jovens ambos, e bonitos, fotos dela em lançamentos de livros. Cartas. Ele tinha os poemas, o sem-vergonha. Então, por que a chamou? Todas as cartas dele estavam datadas, menos uma, que, aliás, ela nunca lera. Uma baita dor-de-cotovelo.

Ele chegou por trás, embrulhado na toalha de banho, e colocou seu rosto bem colado ao dela para ler o que estava na tela.

— Pronto. Agora você sabe de tudo.
— Tudo o quê?
— Que eu não esqueci você, que durante todos estes anos fiquei colecionando notícias e fotos.
— Para quê? Você deve ser muito doente.
— Sempre esperei que você me procurasse. Venha, sente aí na beirada da cama. Eu sento aqui, na sua frente. Nossa ligação foi forte demais para acabar completamente. Achei que você ia se arrepender e voltar para mim.
— Sinto muito. Fui apaixonada por você, mas não tinha estrutura para suportar a sua neurose.
— Você foi feliz?
— Fui. Por que isso agora?
— Quero saber.
— Se você pensa que eu vou falar mal do meu casamento, está muito enganado.
— Esqueça. Não pergunto mais nada — ele pegou a mão dela e deu um beijo. — Morro de saudades de você. Por favor, me ame só um pouquinho. Nem que seja uma única vez.

Ela não podia negar que, naquele momento, era tudo o que queria. Amar e ser amada. E deixou-se conduzir por ele.

Não deu certo. Que surpresa. Algum sentimento obscuro impediu-o de fazer amor.

— Esperei tanto por este encontro e falhei. Se você não soubesse o macho que eu sou... Desculpe.

— Tudo bem. Não se preocupe.

— Fique para jantar. A gente tenta mais tarde.

— Eu não avisei minha filha. Preciso ir. Outro dia.

— Promete?

— Prometo.

— Vou levar você lá embaixo.

— Não. Prefiro descer sozinha — beijou-o no rosto.

Decididamente não fomos feitos um para o outro — ela pensou, enquanto esperava o carro. Eu devo estar feia e velha. A culpa não é dele. Já não sou aquela que ele pensava amar, como ele não é mais o mesmo para mim.

Por sua vez, ele pensou no quanto a antiga namorada ainda estava bonita e atraente. Onde já se viu lhe acontecer uma coisa daquelas? Calor esquisito. Não estava passando bem. Era um besta. Devia ter esperado pelo próximo encontro. Continuava o canalha de sempre — tirou a camisa. O conquistador que perdia a mais infame das batalhas. Olhou-se no espelho. Um merda. Isso o que ele era. E sentiu vontade de vomitar.

Ivan Ângelo
Bar

A moça chegou com sapatinho baixo, saia curta, cabelos lisos castanhos arrumados em rabo-de-cavalo, sorriu dentes branquinhos muito pequenos, como de primeira dentição, e falou o senhor me deixa telefonar? de maneira inescapável.

O homem da caixa registradora estava olhando o movimento do bar, tomando conta de maneira meio preguiçosa, sem fixar muito os olhos no que o rapaz do balcão já havia servido aos dois fregueses silenciosos, demorando-os mais no bêbado que se balançava à porta do botequim ameaçando entrar e afinal parando-os no recheio da blusinha preta sem mangas que estava à sua frente, o que o fez despertar completamente com um e a senhora o que é?

A moça constatou contrariada que havia desperdiçado a primeira carga de charme e mostrou novamente seus pequeninos dentes, agora fazendo a precisadinha urgente, dizendo eu posso telefonar? com ar de quem entrega ao outro todas as esperanças.

O homem falou pois não e levantou a mão meio gorda do teclado da caixa registradora, abaixou-a olhando para o bêbado que subia o degrau da porta, retirou de uma prateleira debaixo da registradora um telefone preto onde ainda estava gravado no meio do disco o selo da antiga Companhia Telefônica Brasileira e empurrou-o para a moça dizendo não demore por favor que já vamos fechar.

A moça tirou o fone do gancho e murmurou baixinho putz, sopesou ostensivamente o aparelho e disse bajuladora pesadinho hein?

O homem sorriu atingido pela seta da lisonja dizendo éééé antigo.

A moça levou o fone ao ouvido e discou 277281 com um dedo bem tratado de unha lilás.

O homem da caixa tirou os olhos do dedo, pegou um lápis enganchado na orelha direita e anotou a milhar explicando é pro bicho, não se importando se a moça ouvia ou não, e devolveu o lápis à orelha enquanto olhava o bêbado que navegava agora à beira do balcão.

A moça falou quer fazer o favor de chamar o Otacílio e ficou esperando.

Um homem chegou ao lado dela cheirando a cigarro, falou para o caixa me dá um miníster, olhou intensamente os olhos dela e imediatamente os seios.

A moça enrubesceu e se tocou rápida procurando o botão aberto que nem havia e protegeu-se expirando o ar com o diafragma e avançando os ombros para disfarçar o volume do peito.

A caixa registradora fez tlin, um carro freou rangendo pneus e uma voz forte gritou filha da puta com um u muito longo.

O homem da caixa deu o troco ao homem que comprara cigarros e falou faz de conta que não ouviu nada menina isto aqui é assim mesmo.

O homem que comprara cigarros afastou-se e foi ver da porta o que estava acontecendo na rua.

A moça voltou-se simpática para o homem da caixa mas parou atenta aos sons do fone, mudou de atenta a decepcionada e falou depois de instantes diz que é a Julinha.

O homem que comprara cigarros parou na porta, abriu o maço de cigarros e acendeu um.

O homem da caixa falou ô José esse aí tem de pagar primeiro e o rapaz do balcão parou de servir a cachaça para o bêbado e falou qualquer coisa com ele enquanto o homem da caixa procurava explicar-se dizendo depois não paga e ainda espanta freguês.

A moça sorriu condescendente.

O homem fumava à porta e olhava as pernas dela.

A moça pôs uma perna na frente da outra defendendo-se cinqüenta por cento e falou de repente alegre oi! demorou hein? E procurando um pouco de privacidade virou-se dizendo ficou com raiva de mim?

O homem da caixa fingia-se distraído mas ouvia o que ela dizia.

Pensei. Não me ligou.

O bêbado navegou contornando arrecifes e chegou ao caixa com uma nota de quinhentos na mão.

Mas não é isso, não é nada disso.

O homem da caixa disse pode servir José.

Não sei... fiquei com medo, só isso.

O bêbado começou o cruzeiro de volta.

Não, não. Não é de você. Acho que é assim mesmo, não é?

A caixa registradora fez tlin marcando quinhentos cruzeiros.

Poxa, Otacílio, pensa. O tanto de coisa que vem na cabeça da gente numa hora dessas. Vocês acham tudo fácil.

A cara do homem da caixa estava um pouco mais desperta e maliciosa.

Claro que é difícil. É só querer ver o lado da gente, pô.

O rapaz do balcão tirou o mesmo copo meio servido e a mesma garrafa e completou a dose do bêbado.

Tá legal. Eu também acho: vamos esquecer o que aconteceu ontem. Falou.

O bêbado olhou atentamente para o copo como se meditasse mas na verdade apenas esperando o momento certo de conjugar o movimento do navio com o de levar o copo à boca, e quando o conseguiu bebeu tudo de uma vez com uma careta e um arrepio.

A moça ouviu com ar travesso o que Otacílio dizia e sorriu excitada seus dentes branquinhos.

O homem da caixa olhou para o homem da porta e a cumplicidade masculina brotou nos olhares.

Não, sábado não dá. Aí já passou. Ora, como. Passou do dia, Ota, não dá. Não dá pra explicar aqui. Você não entende? Tem dia que dá e tem dia que não dá, pô.

O homem da caixa piscou para o homem que fumava na porta como quem diz, você que tava certo.

Uai, só daqui a uns quinze dias. Lógico que eu me informei.

A moça viu o olhar do homem da porta e virou-lhe as costas.

Hoje!? Tá louco?

O homem que fumava ficou olhando-a por trás.

Papai não vai deixar. Só se... Só se eu falar com a mamãe e ela falar com ele.

Alguém chegou e falou cobra duas cervejas e me dá um drops desse aqui ó hortelã.

Ora, que que eu vou falar. Não sei, pô. Eu dou um jeito. Pode deixar que eu me viro.

A caixa fez tlin e o homem foi embora sem que ela o visse.

Não, eu vou. De qualquer jeito eu vou. Agora eu que tou querendo.

A moça olhou para o homem da caixa e fugiu depressa daquela cara agora debochada.

Então me espera. Eu vou aí. Chau.

A moça desligou e ficou uns instantes com o olhar baixo tomando coragem e depois falou para o homem posso ligar só mais unzinho?

O homem da caixa falou pode alongando o o muito liberal e olhando fixamente de cima a sugestão do decote.

A moça procurou um ponto neutro para olhar e achou o rapaz que lavava copos atrás do balcão, enquanto esperava o sinal do telefone, depois discou 474729 e ficou olhando o ambiente.

Uma armadilha azul fluorescente de eletrocutar moscas aguardava vítimas.

O rapaz do balcão olhava-a furtivamente e murmurou gostosa, de dentes trincados.

O bêbado esperava o melhor momento de descer do degrau para a rua com um pé no chão e outro no ar, como alguém inseguro que se prepara para descer de um bonde andando.

O homem da porta juntou os cinco dedos da mão direita e levou-os à boca num beijinho, transmitindo ao homem da caixa sua opinião sobre ela.

O homem da caixa respondeu segurando a pontinha da orelha direita como quem diz é uma delícia.

A moça murmurou será que saíram? explicando-se para ninguém.

Os dois homens silenciosos que bebiam cerveja encostados no balcão não estavam mais lá.

A moça ficou de lado e o homem da caixa fez um galeio para ver um pouco mais de peitinho pelo vão lateral da blusinha sem mangas.

A moça emitiu um ah de alívio, puxou o fio até onde dava e meio abaixou-se de costas para dizer mamãe? é Júlia com uma voz abafada por braços e mãos e concentrada no que ia dizer.

O homem da porta, o rapaz do balcão e o homem da caixa se olharam rapidamente.

Olha, eu jantei aqui na cidade com a Marilda. Ora, mamãe, a senhora conhece a Marilda, até já dormiu aí em casa. É, é essa. Olha: agora a gente vai ao cinema, viu? Que tarde, mamãe, tem uma sessão às dez e meia. Se ficar muito tarde eu vou dormir na casa dela. É só porque é mais perto, mamãe, senão a gente ia praí. Não tem. A senhora sabe que não tem. A senhora fala com papai pra mim? Não, eu não vou falar. Tá bom. Eu ligo depois do cinema. Só pra confirmar, hein, porque o mais certo é a gente ir pra lá. Um beijo. Bota a gatinha pra dentro, viu? Chau.

A moça ergueu-se, desligou o telefone e perguntou quanto é.

O homem da caixa não estava mais lá e falou pra você não é nada gostosa, atrás dela.

A moça se voltou rápida e viu que todas as portas do bar estavam fechadas.

Os três homens, narinas dilatadas, formavam um meio círculo em torno dela.

Luis Fernando Verissimo
Dezesseis chopes

A conversa já passara por todas as etapas por que normalmente passa uma conversa de bar. Começara chocha, preguiçosa. O mais importante, no princípio, são os primeiros chopes. A primeira etapa vai até o terceiro chope.

Do terceiro ao quarto chope, inclusive, contam-se anedotas. Quase todos já conhecem as anedotas, mas todos riem muito. A anedota é só pretexto para rir. A mesa está ficando animada, isso é o que importa. São cinco amigos.

Eu disse que eram cinco à mesa? Pois eram cinco à mesa. Dois casados, dois solteiros e um com a mulher na praia — quer dizer, nem uma coisa nem outra. E entram na terceira etapa.

Durante o quinto e o sexto chopes, discutem futebol. O que nos vai sair esse novo técnico? Olha, estou gostando do jeito do cara. E digo mais, o Grêmio não agüenta o roldão nesta fase do campeonato. Quer apostar? Não agüenta. Porque isto e aquilo, que venha outra rodada. E — escuta, ó chapa — pode vir também outro sanduíche aberto e mais uns queijinhos.

O sétimo chope inaugura a etapa das graves ponderações. Chega a Crise e senta à mesa. O negócio não está fácil, minha gente. Vocês viram a história dos foguetes? Na Europa, anda terrorista com foguete dentro da mala. Em plena rua! O negro entra num hotel, pede um quarto, sobe, abre a mala, vai até a janela e derruba um avião. Derruba um avião assim como quem cospe na calçada!

São homens feitos, homens de sucesso, amigos há muitos anos. Nenhum melhor do que o outro. A etapa das graves ponderações deságua, junto com o nono chope, na etapa confidencial. Pois eu ouvi dizer que quem está por trás de tudo... Agora todos gritam, as confidências reverberam pelo bar. Os cinco estão muito animados.

Um deles ameaça ir embora mas é retido à força. Outra rodada! Hoje ninguém vai pra casa. Começa a etapa inteligente. Todos dizem frases definitivas que nenhum ouve, pois cada um grita a sua ao mesmo tempo. Doze chopes. Treze. Começa uma discussão, ninguém sabe muito bem se sobre palitos ou petróleo. A discussão termina quando um deles salta da cadeira, dá um murro na mesa e berra: "E digo mais!" Faz-se silêncio. O quê? O quê? "Eu vou fazer xixi..."

Com quinze chopes começa a fase da nostalgia. Reminiscências, auto-reprimendas, os podres na mesa. As grandes revelações. Eu sou uma besta... Besta sou eu. Tenho que mudar de vida. Eu também. Cada vez me arrependo mais de não ter... de não ter... sei lá! E então um deles, os olhos quase se fechando, diz:

— Sabe o que é que eu sinto, mas sinto mesmo?
Ninguém sabe.
— Sabe qual é a coisa que eu mais sinto?
— Diz qual é.
— Sabe qual é o vazio que eu mais sinto aqui?
— Diz, pô!
— É que eu nunca tive um canivete decente.

O silêncio que se segue a esta revelação é mal compreendido pelo garçom, que vem ver se querem a conta. Encontra os cinco subitamente sóbrios, olhando para o centro da mesa com o ressentimento de anos. É isso, é isso. Um homem precisa de um canivete. Não de qualquer canivete, não desses que dão de brinde.

Um verdadeiro canivete. Pesado, de fazer volume na mão, com muitas lâminas. Um canivete decente.

— Eu tive — diz, finalmente, um dos cinco. É uma confissão. E os outros olham para ele como se olha para um homem completo. Ali está o melhor deles, e eles não sabiam.

Luís Pimentel
Refresco de manga

A gorda das fichas tinha um dente de ouro de um lado e um buraco onde deveria ter um dente no outro canto da boca. Sorria torto, parecendo querer mostrar apenas o brilho dourado entre os lábios grossos e besuntados de batom. Perguntou minha idade, respondi que tinha dezoito. Ela disse duvido e ofereci meia verdade: dezessete. Diante do olhar debochado, eu resolvi abrir o jogo. Tenho dezesseis, mas já trabalho e já vim aqui um montão de vezes.

A gorda perguntou quantas fichas eu queria e respondi duas. Uma de cerveja e uma para a máquina de música. Vai querer mulher? Depois, eu disse, meio que esnobando. Se der vontade. Pedi a cerveja à morena de pernas finas e entrei na fila da máquina de música. O baixinho com os cabelos cheios de brilhantina parecia o dono da casa. Estacionou a cadeira em frente à máquina e tinha bem uma dúzia de fichas na mão. Acabava a música, ele colocava outra ficha e ouvia novamente o vozeirão de Waldick Soriano:

> O nosso amor durou somente uma semana
> e eu pensando em conservá-lo a vida inteira.
> Eu não pensava que tu fosses leviana,
> pois leviana faz amor de brincadeira.

Depois de me fazer ouvir a música não sei quantas vezes, até decorar a letra, o baixinho se atracou com uma baixinha que nem ele, de peitos grandes e rolos de plástico nos cabelos, e sumiu lá para os fundos da casa. A cerveja descia meio atravessada, pois eu não tinha costume, mas fiz questão de fazer pose de quem tem muita intimidade com o copo. Acendi um dos três cigarros que comprara a varejo no bar ao lado da casa e dei uma tragada forte, soltando rápido a fumaça para não engasgar. Coloquei a ficha na caixa de música e apertei no nome do cantor, Roberto Carlos, depois na canção entre as opções que apareciam na voz dele, "Não chores mais". Aí veio, só para mim:

Esqueça, ele não te ama.
Esqueça, ele não te quer.
Não chores mais, não sofra assim.

O baixinho voltou com as mãos cheias de fichas e me afastei da caixa de música. Não agüentava mais ouvir Waldick Soriano. Fui me sentar do outro lado da sala, num sofá todo manchado de cerveja e queimado de cigarros. O copo em uma mão e a garrafa de cerveja na outra, os olhos conferindo as mulheres que andavam de um lado para o outro, tentando enxergar a minha irmã.

Não foi fácil reconhecer Dalva naquele cenário, com aquelas roupas, maquiada daquele jeito. Vi quando ela se aproximou, caminhando na direção da mesa onde estava um sujeito magricela de bigode fino e cara de personagem de história em quadrinhos. Minha irmã estava irreconhecível, com cigarro no bico e copo de cerveja entre os dedos de unhas vermelhas, demonstrando a maior intimidade com a casa, os hábitos e os figurantes todos. Pensei, é ela, não é ela, apertei os olhos, porque a luz da sala não era boa, mas tomando cuidado para não ser reconhecido. O magricela a abraçou pela cintura e levantou a blusa vermelha que ela usava. A blusa era curta, e ele levantou até a altura da pá. Aí eu vi, de relance, a mancha acima das costelas.

Depois disso minha irmã ainda passou várias vezes à minha frente, pegando cerveja para o sujeito de bigodinho, acendendo cigarros para ele e para ela, e toda vez que voltava para a mesa o tarado levantava a saia minúscula que ela usava e passava a mão na sua bunda. Eu espichava os olhos para ver se reconhecia também a bunda de minha irmã, a mesma que eu ficava olhando pelo buraco da fechadura enquanto ela tomava banho. Dalva dava beijinhos no nariz e na testa do magricela, evitando beijar na boca. Puta não gosta de beijar na boca, e o cara esquisito ainda tinha uns dentes todo arrebentados, possivelmente pelo efeito da nicotina. Se eu fosse ela também não ia querer dar beijo na boca daquele sujeito. Minha irmã estava bonita e toda senhora de si. Para lá e para cá, ia e voltava, sem me reconhecer na quase penumbra.

Levantei-me para comprar outra ficha e pegar outra cerveja. Quando voltei para o sofá, não tinha mais ninguém na mesa próxima, nem Dalva nem o magricela. Decidi esperar. Afinal, ficava tanto tempo remoendo essa visita. Dei o primeiro gole na cerveja e senti que estava meio enjoado. O cigarro também ajuda no mal-estar. Acendi outro. Espichei os olhos pelos quatro cantos da sala, procurando minha irmã, que não estava em lugar nenhum. Disse não para a moça feia que se sentou ao meu lado, antes mesmo que a pobre falasse qualquer coisa. Ela se levantou e saiu dali, não parecia ter se ofendido, se encostou em outro sujeito solitário. Minha irmã devia estar no quarto com aquele traste, e isso me aborreceu.

Sou o caçula. Dalva, a irmã mais velha. Eu ainda era pequeno quando ela saiu de casa, depois de uma discussão com minha mãe e meu irmão. Anunciou que ia morar com uma amiga. Minha mãe parecia não acreditar nem um pouco na história, mas recomendou, vai com Deus, sem drama nem lágrimas. Quando Dalva bateu a porta da rua, meu irmão disse, vai ser puta, eu sei. Bate na boca e pede perdão, minha mãe falou. Perdão nada, vai ser puta. Meu irmão já era um rapazinho, sabia das coisas.

Eu adorava ver minha irmã saindo do banho, uma toalha enrolada no corpo, cobrindo metade dos peitos. Uma toalha menor enrolada nos cabelos. Passava pelo corredor, onde eu jogava futebol de botão, derramando pela casa um cheiro vago de sabonete e alfazema. Vestia-se com a porta do quarto entreaberta, atirava a toalha sobre a cama e escolhia a calcinha, quase sempre branca.

Quando minha irmã retornou à sala, de mãos dadas com o esqueleto branco de desenho animado, eu me perdia na canção desconhecida da caixa de música e na voz distante do Juca, o ex-amigo de quem um dia quebrei a cara exatamente por causa de Dalva. Juca repetindo tua irmã é da vida, foi vista no puteiro de Laura. Puta é a tua irmã, a tua mãe e a tua avó. E tome tapas, chutes e pescoções. Mergulhei no gelo daquela noite provinciana e despertei quando ela se sentou ao meu lado, depois de se despedir do cliente.

A voz que há tantos anos eu não ouvia: está sozinho, garotão? Oi, Dalvinha. Os olhos arregalados sob os cílios anormais. Depois o susto. Depois tristes. O que você está fazendo aqui, menino? Vim pegar mulher. Você não tem idade para isso. Eu me afogando numa lágrima que não passava pela garganta. Você não devia ter vindo aqui. Como vai a mãe? Por que me fazer passar esta vergonha? — e aí não lembro se era a voz de Dalva ou de Linda Batista, cantando Lupicínio Rodrigues. Como vai a mãe? Como vão todos? Eu tonto de cerveja morna. Não queria nunca que você me visse aqui. O gosto do cigarro na boca, a fumaça ardendo na alma. Suor e angústia, suor de angústia. Justo você.

Não veio procurar mulher nenhuma, não foi? Você veio me ver. Como descobriu que eu trabalhava aqui? Resmunguei isto não é trabalho e ela disse claro que é, seu bobo, enxugando minhas lágrimas com a blusa, eu abraçando minha irmã com a blusa levantada, minha cabeça em seu ombro, a visão novamente próxima da mancha na pele mais marcante da minha infância.

Se você quiser mesmo uma mulher, eu falo com uma amiga que conheço bem, sei que é limpa, mas pare de chorar, disse minha irmã. Eu não queria mulher nenhuma, nem queria que ela falasse naquele tom maternal comigo, nem pensasse que seria a minha primeira vez. Restava um pouco de cerveja, bastante quente. Beba mais não, a voz delicada de Dalvinha, me abraçando e dando beijos no meu cabelo. Volte outro dia, volte no meio da tarde, para a gente conversar e tomar um refresco de manga.

A gorda cochilava e babava em cima das fichas, restavam poucos clientes madrugadores quando me despedi. Na calçada acertei um chute violento em uma tampa de garrafa, que voou baixinho e acertou o poste do outro lado da rua. Ainda sou bom nisto, pensei. A noite é uma criança de colo. Minha irmã ainda tem aquela marca só sua nas costelas e não esqueceu que eu gosto de refresco de manga.

Luiz Vilela
Todas aquelas coisas

Era um botequim que, no jornal, eu teria descrito como fétido — mas era a ele, e não a outro, que eu ia naqueles tempos difíceis, quando, quase adolescente ainda, começara a trabalhar como repórter num insignificante jornal de São Paulo. Era a esse botequim, freqüentado por operários e marginais, que eu muitas vezes ia, em busca de um trago e de uma conversa para esquecer minhas amarguras.

Eu não era o único jornalista a ir a ele; outros também nele apareciam, além de escritores, pintores, atores de teatro. O que nos levava ali, além da simpatia que tais ambientes sempre nos despertaram, era uma espécie de muda solidariedade: no fundo, nos sentíamos tão desgraçados e infelizes quanto aquela gente.

E havia também a autenticidade — aquela autenticidade que, no mais íntimo de nós, desejávamos e que raramente conseguíamos ter em nossas vidas. Ali, pelo menos durante algumas horas, nós a tínhamos; pois, naquele ambiente primitivo e rude, nenhum artificialismo era possível. Ali podíamos ser — e éramos — nós mesmos.

Foi no botequim que uma noite eu conheci Diego, o espanhol. Diego devia ter uns quarenta anos; era pequeno, curtido e muito vermelho. Tinha já muitos cabelos brancos e nunca tirava uma boina que usava, uma boina azul mas tão velha e gasta, que já quase perdera a cor. Eu soube depois que ele a trouxera da Espanha. Onde morava e o que fazia para ganhar a vida, eu não sabia; Diego nenhuma vez me falara claramente sobre isso. Devia morar em alguma vila e, a julgar por suas mãos, fortes e calejadas, fazer algum trabalho manual.

Na sua aparência, ele não se distinguia em nada de tantos outros anônimos que passavam pelo boteco ou que a gente via na rua. Mas, ao conversar com ele, logo se notava — além do fato de ser espanhol — que tinha algum estudo. E, em poucos minutos, se ficava sabendo de sua paixão pela Espanha. Era essa paixão, ativada pela saudade, que o marcava, que o transfigurava e fazia dele uma figura singular, que me impressionou e em pouco tempo me cativou. Tornamo-nos bons amigos, e foi assim que, aos poucos, em várias noites, eu fui sabendo de sua vida.

Diego nascera em Barcelona. Seu pai, um obscuro toureiro, morrera na arena, deixando a mulher e três filhos; Diego tinha dois anos. Quando tinha quinze, sua mãe morreu e a família se desmembrou. Foi então que ele veio para o Brasil. Gostava muito do Brasil e dos brasileiros, mas levava uma vida dura e tinha saudades da Espanha. Queria voltar para lá, mas não tinha esperança por causa do dinheiro — às vezes não tinha dinheiro nem para um simples trago, me contou. Não é que fora rico na Espanha, mas a vida lá era bem mais fácil, e ele tinha quase tudo o que queria.

Passava, então, a me descrever as coisas boas:

— Los vinos, hombre...

Ele já falava bem o português, mas nesses momentos, quando a paixão e a saudade o dominavam, quase só falava em espanhol — às vezes um espanhol misturado com português.

E falava nas mil e uma variedades de azeitonas, como eram preparadas, o que diferenciava umas das outras. Aquilo me dava água na boca. E ele descrevia tão bem, com tanta minúcia e tanto fervor, que eu não apenas via as azeitonas, como também chegava a sentir o gosto delas.

E as frutas? Hombre... Os mercados com frutas de toda espécie, as frutas mais suculentas que se podiam imaginar. Não, eu não tinha dúvida: em nenhuma parte do mundo as frutas eram tão gostosas quanto na Espanha.

— Los melocotones, por ejemplo...
— Melocotones? — perguntei.

Eu nunca tinha ouvido falar nessa fruta, mas, antes mesmo que Diego me dissesse como ela era, eu já tinha a certeza de que ela era uma das frutas mais gostosas do mundo.

Aliás — e isso era típico de Diego —, ele não foi logo me dizendo. Primeiro, abanou a cabeça, me lastimando profundamente, fazendo-me quase sentir que todas as frutas que eu conhecera até então em minha vida não eram nada. Depois chupou a língua, lembrando-se de como a fruta era gostosa. Fez um silêncio comovido, e só então, quando eu já estava com água na boca, passou a me descrever a fruta: a cor que ela tinha, o tamanho, e principalmente o sabor. Quando ele terminou, eu me sentia de tal modo que estava disposto a pagar por um melocotón o preço que me pedissem.

Diego falava também das paisagens, me descrevendo as variações que sofriam nas quatro estações do ano: da neve no inverno às terras calcinadas no verão...

E, claro, as "corridas de toros".
— Y las mujeres?...
Ah, las mujeres...
— Que mujeres!...

E, antes de começar a me falar nelas, perguntou-me se eu gostava de mulheres assim: fez um gesto indicando seios fartos. Diante de minha expressão afirmativa, modificou o gesto: dessa vez, indicando o tamanho das tetas.

— Hombre!...

E abocanhou o ar com a boca inteiramente aberta, mostrando que só assim se podia cobrir uma.

— Y como son ardientes!...

Aproximara-se mais, como se fosse contar um segredo:

— Los gritos, hombre... Te gusta eso?...
— Eso?...
— Los gritos; quando uno hace la cosa... La cosa, comprende?... — e tinha a cara mais libidinosa que eu já vira. — La gente se queda loco...
— Ê, Diego...
— Y las peleas? — continuou. — Como culebras, comprende?
— Culebras?...
— Cobras... Así... — e completou com o corpo a explicação, quase babando, os olhos baços.

Terminou com um suspiro: se estivesse na Espanha àquela hora...

Às vezes me parecia que Diego exagerava: tudo era bom demais, bonito demais — como num sonho de adolescente. Mas eu compreendia: era o amor, era a saudade, era a ausência de quase trinta anos que fazia aquilo. Além disso, eu já conhecia a fama que os espanhóis tinham de exagerados. Mais de uma vez, durante aquelas conversas com Diego, lembrei-me de piadas sobre eles, como, por exemplo, a do espanhol que caiu no mar e foi salvo quando já estava se afogando: "Si no me sacan, lo habería tragado todo!" E ainda havia a idade, a idade de Diego, que certamente contribuía um pouco para o exagero.

Eu não estava errado ao raciocinar assim, mas tinha de admitir que em parte o fazia porque, depois daquelas conversas com Diego, eu já me apaixonara de tal modo pela Espanha que só pensava em viajar para lá — e eu não via a menor possibilidade de tal coisa acontecer. Agia, pois, como a raposa com as uvas. Mas o pior, o mais difícil de admitir, é que eu tinha inveja — sim, inveja, eu tinha inveja de Diego, inveja por ele já ter vivido tudo aquilo, por ele já ter visto e percorrido todas aquelas paisagens maravilhosas, por ele ter provado de todos aqueles vinhos, azeitonas, frutas e mulheres. Em sua pobreza, ele me parecia mais rico e muito mais feliz do que eu com meu dinheiro certo, meu emprego fixo, meus pequenos confortos de classe média.

Eu saía então pela madrugada, caminhando sozinho na rua, meio embriagado, odiando minha vida cinzenta de obscuro repórter numa cidade grande, e com um só pensamento na cabeça: largar tudo, pegar a trouxa, entrar num navio e embarcar para a Espanha. Mas chegava a casa, dormia, e o sono levava tudo — o ódio, a coragem, a decisão, a loucura. E eu continuava naquela mesma vida, e tudo continuava na mesma. Ou quase tudo, porque alguma coisa sempre ficava: eu sentia que aquela idéia ia cada vez mais se solidificando. Viajar num repente, eu sabia que eu não faria isso; mas poderia ir criando as condições para que um dia a viagem fosse possível. Foi o que eu então resolvi; com bastante determinação, passei a reservar todo mês, e a depositar no banco, uma parte do meu magro ordenado.

Por razões um tanto confusas, achei melhor não falar nada a Diego sobre os meus planos. Eu só falaria mesmo às vésperas de sua realização, que estava distante ainda. Enquanto isso, sem deixar que ele percebesse minha intenção, iria conseguindo dele todas as informações que pudesse sobre a Espanha. Mas no aspecto prático — que era agora o que mais me interessava —,

Diego pouco pôde me valer. Além de não ter muita instrução, fazia trinta anos que ele viera para o Brasil, e nesse tempo a Espanha certamente já devia ter mudado bastante.

Um dia eu falei isso com ele; perguntei se todas aquelas coisas de que me falava ainda existiriam, se seriam como no tempo dele, se não teriam mudado ou até acabado...

Só faltou Diego me bater:

— Hombre, esas cosas acaban? España es eterna y todas esas cosas estarán lá para siempre.

— Será mesmo, Diego? — ainda insisti.

Ele rosnou um outro "hombre", e então me dei por satisfeito.

— Está bem, Diego — e bati de leve no braço dele, apaziguando-o.

Ele se descontraiu e, animado, voltou a me falar novamente, uma por uma, de todas aquelas coisas boas.

Um dia perguntei-lhe também sobre a Guerra Civil; ele era adolescente quando a guerra estourara. Limitou-se a abrir a camisa, mostrar-me uma cicatriz e fazer uma cara sombria:

— No me gusta hablar de la guerra.

E foi tudo.

Às vezes, depois de falar muito, Diego se calava e ficava um bom tempo em silêncio. Eu o observava e imaginava em que ele estaria pensando: tinha um ar tão distante... Só podia estar pensando na Espanha...

Eu próprio, naquele tempo, devia ter tido várias vezes esse ar distante, pois não só pensava continuamente na projetada viagem, como também, toda vez que eu tinha algum aborrecimento maior, era para ela que eu me voltava — para a imaginação de todas aquelas coisas boas que Diego me contara. A Espanha tornou-se para mim quase uma fórmula mágica: bastava pronunciá-la para que tudo se tornasse suportável.

O tempo passou, e então, um belo dia, me vi finalmente em condições de transformar o sonho em realidade. Só lastimei não estar mais em São Paulo e, assim, não me ser possível comunicar a Diego que eu estava de malas prontas para a Espanha. Foi ele a pessoa em quem mais pensei naquele dia. Eu podia dizer que fora Diego o responsável por eu estar ali, àquela hora, naquele aeroporto, pronto para embarcar para a Espanha, na minha primeira viagem internacional.

Fiquei imaginando qual seria a reação de Diego se eu lhe contasse tudo aquilo. Imaginei também qual seria o meu estado de espírito quando, um mês depois, estivesse naquele mesmo lugar, de volta: se eu estaria agradecido a Diego ou se eu o estaria xingando. Claro que eu não esperava encontrar aquele paraíso que ele descrevia quase numa espécie de sonho acordado; mas esperava, firmemente, encontrar pelo menos alguns pedaços do paraíso. Se eu não encontrasse... Diego ia me pagar caro...

E foi mais ou menos isso o que aconteceu. Encontrei várias coisas sobre as quais Diego me falara. Outras, como eu já suspeitara, haviam mudado ou acabado. Agora, o que me intrigava era que algumas coisas importantes ele nem de longe mencionara; eu não entendia por quê. E havia, naturalmente, as que ele exagerara. Mas seu poder de convencimento era mesmo forte: ao descobrir que a minha primeira espanhola não tinha tetas tão grandes, senti-me decepcionado, concluindo que ela não era uma espanhola típica — e, no entanto, melhores momentos do que os que eu viria a passar com ela eu não podia desejar.

O fato é que a sombra de Diego me acompanhou em todo o passeio, e eu como que mantinha com ela, quase permanentemente, um diálogo mudo, concordando ou discordando a respeito das coisas que ele me dissera naqueles tempos no botequim. Os melocotones, por exemplo: concordei cem por cento, eram exatamente como ele dissera. Eram ótimos, e eu comi até não poder mais. E também os vinhos e as azeitonas; tudo como ele dissera. E eu várias vezes, naquelas tardes quentes de Barcelona, desejei, com saudade, que Diego estivesse a meu lado, para bebermos e comermos juntos ao ar livre, sob os toldos de lona coloridos.

Foi uma excelente viagem e senti-me plenamente recompensado. Ao voltar, eu tinha comigo um pensamento: ir a São Paulo para encontrar Diego. E já nos imaginava novamente juntos no botequim e as conversas que teríamos noite adentro, falando da Espanha. A primeira coisa que eu faria seria agradecer-lhe — pois, sem ele, nada daquilo teria acontecido. A segunda seria entregar-lhe uma boina que eu ia levando para ele, na mala — a melhor e a mais bonita boina que eu encontrara.

Dias depois, viajando para São Paulo, meu medo era de que o botequim, por qualquer motivo, tivesse acabado; e então seria muito difícil encontrar Diego, quase mesmo impossível, pois, como já disse, eu não tinha a menor noção de onde ele morava, nem de onde ele trabalhava.

Era engraçado que eu só pensasse isso — e que, hora nenhuma, pensasse que Diego podia já ter morrido. E no entanto foi essa, foi essa a notícia que eu encontrei ao entrar no botequim — que continuava no mesmo local, praticamente inalterado — e perguntar por ele. Foi Gastão, o dono do botequim, quem me disse. Diego morrera; tinha morrido um ano atrás.

Aquilo foi para mim um choque, e eu ainda pensei: por que Diego? Por que não um daqueles tantos outros anônimos que freqüentavam o boteco? Por que logo ele? Sentia-me logrado.

Ainda emocionado, perguntei de que ele morrera. Gastão contou que a morte fora meio misteriosa. Havia uma suspeita de homicídio. Até a polícia viera ao botequim e ele, Gastão, chamado a prestar informações sobre Diego. E foi então que ele soube de certas coisas que, a não ser assim — Gastão disse — talvez jamais saberia.

Por exemplo: que Diego, na realidade, não se chamava Diego Sánchez de la Vega — e sim Joaquim Ferreira da Silva. Que ele não era espanhol, mas brasileiro, nascido no Brasil, filho de pais brasileiros, tendo residido toda a sua vida em São Paulo, de onde nunca saíra, nem para outro lugar do país, nem, muito menos, para o estrangeiro.

E Gastão sacudiu a cabeça, diante de meu ar de absoluta perplexidade.

— Você tem certeza? — eu perguntei.

— Está tudo lá, nos documentos da polícia — ele repondeu. — Eu li pessoalmente. E ainda conversei com um rapaz que é sobrinho dele.

— Mas...

— A Espanha, né? — disse Gastão, percebendo o que eu ia dizer. — Pois é, é o que todo mundo aqui pergunta; como que ele podia conhecer tão bem, se ele nunca tinha ido lá...

Ergueu os ombros:

— Eu não sei; a gente acha que ele deve ter estudado. Ou então é alguma coisa de espiritismo... Eu perguntei ao sobrinho dele: a única coisa que o rapaz disse é que o tio sempre teve "essa mania de Espanha".

Eu continuava perplexo.

— Pois é — disse Gastão — o mundo tem gente de todo tipo; basta viver que a gente vê de tudo... Mas e você? Por onde você andava que nunca mais veio aqui?...

Marçal Aquino
Balaio

Apareceram dois caras estranhos no bairro, tirando informação sobre o Tiãozinho. O pessoal se fechou. Não demorou e vieram falar comigo, sabiam que eu tinha andado com o Tiãozinho muito tempo.

O começo foi manso. Eu estava jogando balaio com uns chegados, quando os dois entraram no bar. Balaio é um tipo de truco que inventamos, mais agressivo, que dava ao vencedor o direito de ser o primeiro a atirar no próximo sujeito que a gente fosse derrubar. Eles me chamaram de lado, abriram cervejas. Sentei com eles. Explicaram que a ficha do Tiãozinho era encomenda de um grandão da Zona Norte. Não sabiam o motivo.

Eu disse que assim ficava difícil.

Um deles comentou que talvez o grandão quisesse as informações para decidir algo positivo em favor do

Tiãozinho. Tinha a pele cor de pastel cru. Parecia uma dessas pessoas que nunca comem carne.

O outro era preto. Três rugas no rosto: duas quando ria, ao redor da boca; a outra aparecia na testa, na hora em que ficava sério. Impossível saber a idade dele.

O branco prosseguiu aventando: Quem sabe o Tiãozinho não está pra assumir uma posição importante com o homem?

O preto emendou: É, e se ele estiver pra casar com a filha do homem? O Tiãozinho não seria capaz de um negócio desses?

O grandão é bicha?, eu perguntei.

O preto: Não, claro que não.

E o outro: Por quê?

Porque o Tiãozinho é capaz de qualquer coisa, eu disse. Inclusive de estar casando com esse grandão aí.

Os dois riram. O que foi bom: vi que o pessoal, que continuava firme no jogo, deu uma relaxada. Perceberam que era conversa amistosa.

Essa é boa, o branco ainda ria. E o que mais você pode contar sobre ele?

Mais nada, eu falei. Me digam o motivo ou então a gente pode mudar de assunto.

Eles se olharam, contrariados. O branco pareceu sentir mais o golpe. Era aquele tipo de homem que adora ser contrariado — em casa, no trabalho, no trânsito, em todo lugar. Só para poder explodir. Foi ele quem falou, se controlando:

Bom, então acho que temos um problema aqui. Um problemão.

O preto tentou amaciar, a ruga atravessada na testa: você podia facilitar as coisas pra todo mundo. Veja bem: temos ordem até de pagar pelas informações se for preciso.

Batuquei com as unhas no copo de cerveja. Fazia muito tempo que eu não via o Tiãozinho. A última notícia era que ele andava amigado com uma dona asmática, que ele quase matava todas as noites, porque nunca sabia se ela estava gozando ou tendo uma crise de falta de ar.

Os dois esperaram, achando que eu considerava o lance do dinheiro. Mesmo jogando no campo do adversário, pareciam seguros. Era uma noite fria, e ambos vestiam casacos. Dava para adivinhar que estavam armados. Com coisa pesada.

Acho que vocês deviam dar outra volta por aí, eu disse. Talvez apareça alguém disposto a vender alguma informação.

Você está complicando um negócio simples, falou o branco. Em vez disso, podia ganhar um bom dinheiro.

Vamos fazer o seguinte, eu disse e me curvei, apoiando os cotovelos na mesa. Vocês descobrem por que esse grandão quer as informações sobre o Tiãozinho e voltam aqui pra me contar. Aí eu falo de graça, que tal?

Tenho uma proposta melhor. O branco colocou sal no *meu* copo e mexeu com o dedo. Você vai com a gente e conversa direto com o homem lá na Zona Norte. Eu prometo que depois a gente traz você de volta direitinho.

Eu ri: Não vai dar. Eu odeio sair do bairro.

Você vai com a gente, o preto disse e tirou as mãos de cima da mesa.

Foi um gesto rápido, muito rápido. Se tivéssemos gente assim do nosso lado, eu pensei, nossa vida ia ser bem menos complicada. Olhei para ele com atenção e me descuidei do outro. E era exatamente o que esperavam que eu fizesse. Percebi isso quando o branco se mexeu, a mão sob a mesa, e falou:

Tenho uma 45 apontada para a sua barriga. Não tem jeito de errar.

O Tiãozinho deve estar metido em algum rolo muito grande, eu disse. Ou então vocês dois são meio malucos.

As mãos do preto continuavam debaixo da mesa. Na certa, com duas armas também apontadas para mim.

Nós vamos sair daqui bem devagar, o branco anunciou. Você vai na frente, com muita calma, e é bom não fazer nenhuma besteira.

Eu permanecia apoiado na mesa e não me mexi. Disse a eles que bastava eu tossir para que aquele pessoal todo puxasse as armas.

Vou levar um monte de gente comigo, o preto disse. E você será o primeiro.

Uma vez, quando era mais novo, vi um sujeito abrir caminho à bala num puteiro cercado pela polícia. Foi a única vez que vi alguém atirando com duas armas ao mesmo tempo. O cara tem que ser muito bom pra fazer isso. Aquele sujeito era e conseguiu furar o cerco.

Vou pedir a conta, o branco avisou. Daí, a gente vai sair na boa, feito?

Eu endireitei o corpo, mantendo as mãos sobre a mesa. O preto acompanhou meus movimentos com atenção. Ouvi o ruído quando ele puxou o cão dos revólveres.

Você tá armado?, ele perguntou.

Estou, eu menti.

Atendendo ao aceno do branco, Josué veio até a mesa e informou o valor da conta, satisfeito. As mãos do branco reapareceram, segurando uma carteira marrom. Enquanto ele escolhia as notas, olhei para Josué, que sorriu para mim.

Era um bom sujeito, costumava ajudar muita gente da comunidade. Às vezes, quando nossos jogos avançavam até tarde da noite, Josué ia para casa e deixava a chave, recomendando apenas que a gente não esquecesse as luzes acesas ao sair. Eu gostava dele. Lamentei que as coisas se complicassem justo no seu bar.

E elas se complicaram mesmo. Mas não do jeito que eu esperava.

A viatura estacionou na porta do bar, e os quatro policiais entraram, olhando primeiro para o pessoal que jogava balaio e depois para a mesa em que a gente estava. Três deles usavam sobretudo e carregavam escopetas. No comando, um tenente que eu conhecia de vista. Gente boa.

Ele interrompeu o jogo e mandou que todo mundo se colocasse com as mãos na parede. Pensei que o tempo ia fechar: ali dentro tinha mais armas do que na vitrine das lojas de caça do centro. Os rapazes obedeceram, movendo-se com lentidão. Estavam esperando algo. Uma fagulha.

Quando o tenente se dirigiu a nós, eu me levantei da mesa e me juntei aos meus companheiros. O branco e o preto não se mexeram. Ambos estavam com apenas uma das mãos sobre a mesa. O tenente achou aquilo curioso e avaliou a situação por alguns instantes. Um dos policiais afastou-se em direção à porta, procurando um ângulo mais favorável.

Gostei da cena. Claro que armamento grosso serve para dar confiança a um sujeito. Mas eu nunca tinha visto caras tão frios como aqueles dois. E pelo jeito nem o tenente, que recuou lateralmente e colocou a mão no coldre.

Josué sorriu para ele e disse: Não precisa nada disso, tenente. Conheço todo mundo, é gente daqui do bairro.

O tenente cuspiu o chiclete que mascava e perguntou: E esses dois?

Conheço eles também, tenente, Josué falou. São amigos.

O preto mantinha a vista baixa, evitando encarar o tenente. O branco olhava para lugar nenhum. Ia explodir a qualquer momento.

O tenente ainda analisou os dois por mais alguns segundos. E então relaxou.

Você tem visto o Tiãozinho?, ele perguntou a Josué.

Tem tempo que ele não dá as caras por estas bandas, Josué disse. Deve estar circulando em outra área. Ele aprontou alguma?

Estamos na captura dele; o tenente fez um gesto para os policiais, e eles baixaram as escopetas.

Tiãozinho devia mesmo estar metido em algum lance muito grande, eu pensei. O tenente colocou outro chiclete na boca, olhou mais uma vez para a dupla na mesa e para nós. Daí saiu, acompanhado pelos policiais.

No exato momento em que a viatura arrancou, os rapazes puxaram as armas. Os dois continuavam imóveis, as mãos ocultas pela mesa. Ia começar a queima de fogos.

Pedi que Josué saísse e baixasse a porta do bar. Ele fez isso, depois de lançar uma expressão triste para o balcão e para as garrafas nas prateleiras.

Magno, que estava ao meu lado, me entregou um dos revólveres que carregava, um 38. Éramos quatro contra os dois.

Como é que vai ser?, eu perguntei.

O preto trocou um olhar rápido com seu companheiro.

Por mim, a coisa já tá resolvida, ele disse. Você ouviu: a polícia vai cuidar do Tiãozinho pra nós.

O branco sorriu.

Mas se você quiser partir pra festa, ele disse, nós topamos. Vai ser um estrago bem grande.

Eu sabia que bastava um movimento brusco, e os dois se levantariam atirando. Então baixei o revólver com cuidado e disse:

Ninguém vai ganhar nada com isso. Vamos fazer um trato: vocês dois saem daqui na moral, e nunca mais aparecem.

O preto ainda tripudiou:

O que você acha?

O branco continuava sorrindo.

Me parece justo, disse. Assim, ninguém dá esculacho em ninguém.

Eu avisei aos rapazes que os dois iam sair e que a gente não ia fazer nada. E caminhei até a porta, para abri-la.

Os dois sairiam e provavelmente nunca mais botariam o pé naquele bairro. Mas eles eram profissionais, e com esse tipo de gente convém não facilitar. Por isso, a um passo da porta, eu parei e alcancei o interruptor, desligando as luzes do bar.

O tiroteio durou meio minuto, se tanto. Quando reacendi as luzes, o preto estava com a cabeça tombada numa poça de sangue sobre a mesa. O branco caíra para trás, arrastando junto sua cadeira. Eu me aproximei e vi que, apesar de estar com um ferimento feio acima do olho direito, ele ainda gemia. Mirei na cabeça e puxei o gatilho, mas as balas do revólver tinham acabado. Um dos rapazes me empurrou para o lado e completou o serviço.

O que vamos fazer com eles?, Magno perguntou.

O de sempre, eu falei.

Olhei o sangue espalhado pelo bar. Eu não queria que o Josué tivesse motivo pra se queixar da gente.

Vamos lá, eu disse. Depois ainda temos que voltar aqui pra fazer uma boa faxina.

Ruy Espinheira Filho
Lembranças de um dia luminoso

— Eu me lembro perfeitamente daquele dia — falei.

— Eu também — disse Sonia, fazendo tilintar o gelo do uísque.

— Quem poderia esquecer? — Aurélio perguntou, quase num espanto.

Sonia, num tom macio:

— Como o tempo passa...

— Mas a memória fica — eu disse. — Tanto para o bem quanto para o mal.

— É verdade — concordou ela, depois de beber um pequeno gole.

Não tínhamos marcado nenhum encontro naquele bar: Aurélio chegara com dois amigos, que se demoraram pouco; Sonia, com um casal, que também se fora; eu bebia sozinho. Aurélio veio primeiro para a minha mesa, Sonia logo depois. Fazia tempo que não nos víamos — e eis que ali estávamos, os três, como nos tempos da Universidade.

Não exatamente como naqueles tempos: Aurélio engordara; eu perdera bastante cabelo; Sonia ainda era magra, bela e suave, mas tudo de maneira um tanto cansada. Cada um seguira o seu caminho: eu no jornalismo, Aurélio na publicidade, Sonia no casamento e, depois, numa secretaria da administração estadual. Falamos, de início, da feliz surpresa do encontro, interrogamo-nos sobre nossas vidas, recordamos colegas e amigos, alguns já mortos. E nossos trabalhos, nossos compromissos, nossos filhos.... E então, não sei como, surgiu o assunto daquele dia em especial.

— Para o bem e para o mal — repetiu Aurélio. — Mas não há mal para se lembrar naquele dia.

— Claro que não — apoiou Sonia.

— Que tal um brinde ao nosso encontro? — propus.

— Ao nosso encontro e àquele dia — disse Sonia.

— Perfeito — falou Aurélio.

Tocamos os copos, bebemos. Ficamos um instante em silêncio, depois Sonia falou:

— Naquele dia eu bebi muito. Estava em casa, liguei para umas duas pessoas, saí, acho que com Sandra e Regina...

— Também saí logo — falou Aurélio. — E não precisei ir muito longe, encontrei uma turma e fomos encher a cara.

— Eu estava na rua — falei. — Vocês se lembram de como estava a rua naquele dia?

— Estava estranha — disse Sonia.

Aurélio balançou a cabeça em concordância:

— É... Acho que senti isso mesmo.

— É verdade — eu disse. — A sensação de estranheza era grande. Lembro que estranhei até o Bar Montanha, quando entrei lá. E os amigos que estavam bebendo também me pareceram estranhos, como acho que pareci estranho para eles.

— A estranheza estava no ar — disse Sonia.

— Lembram — perguntei — como as ruas ficaram desertas?

Aurélio sorriu:

— Nem poderia ser de outra forma, com todo mundo nos bares...

— Nem todo mundo — disse Aurélio.

— Ora — respondeu Sonia —, você queria...

— Eu queria mesmo era beber — interrompi. — Aliás, ofereceram-me logo uma dose quando entrei no Montanha. Brindamos, não sei quantas vezes, em silêncio.

Novo sorriso de Aurélio:

— Acho que nunca se brindou tanto...

— Com certeza — falou Sonia.

— Mas — continuei — o Montanha estava meio escuro e resolvi procurar um lugar aberto, queria respirar a claridade do dia.

— Lembro bem disso — disse Sonia.

— De quê? — perguntou Aurélio.

— Da claridade. Os dias aqui são quase sempre claros, mas a claridade daquele dia ficou como uma lembrança especial.

— Puxa! — exclamou Aurélio. — Acho que você disse tudo! Foi isso mesmo: claridade!

— O que me fez sair do Montanha — falei. — Saí de lá e fui pro Cacique.

— Não lembro de a gente ter se encontrado naquele dia — disse Sonia.

— Nem eu.

— Nem eu.

— Mas não importa — ela sorriu. — Estávamos todos no mesmo barco...

— E era um dia bem apropriado para passear de barco — observou Aurélio.

— Sim — falei —, mas num bar se navega melhor...

Os dois sorriram.

Sonia, voz mansa, sonhadora:

— Foi mesmo um dia muito claro, luminoso...

— Luminoso — repetiu Aurélio. — A palavra é esta: luminoso.

— Luminoso — murmurei.

— E aquela estranheza... — disse Sonia.

Aurélio balançou a cabeça:

— É, a estranheza...

— Aquela bela estranheza — falei — de um dia especialmente luminoso.

— Bela... Sabe, é como eu me senti naquele dia — disse Sonia, após uma breve hesitação. — Eu me senti bela.

— Pensando bem — falei —, era como nos sentíamos todos naquele dia: estranhamente belos e luminosos.

— Todos nós, sim... — Sonia murmurou. — Belos, luminosos e limpos, de alma limpa...

— O interessante — comentou Aurélio — é que, embora tenha enchido a cara, me recordo perfeitamente daquele dia.

— E eu — disse Sonia.

Não falei nada, mas eu também recordava, como ainda recordo, com extrema clareza — ou melhor: numa cálida luminosidade —, o dia em que morreu o general.

Sérgio Porto
Momento no bar

Sentados nos tambores do bar, os quatro homens bebiam vagarosamente os seus uísques. Eram pingentes de bar e pareciam não ter outra preocupação na vida senão a de se embriagarem aos poucos. Nem sequer davam mostras de estarem interessados na companhia uns dos outros. Ali estavam eles, calados e tristes, cada qual entregue ao seu copo.

Foi quando o primeiro deles — saudosista — começou a cantarolar um samba de Ismael Silva:

Se você jurar, que me tem amor,
eu posso me regenerar.

Todos, como que maravilhados por terem encontrado algo com que enganar a apatia reinante, passaram a cantar também. Depois, o que gostava de tudo disse para o saudosista que aquele samba era um dos mais lindos que conhecia. O outro concordou logo, acrescentando que os sambas antigos eram sempre mais lindos.

Isso bastou para que a discussão se formasse — antes mesmo de começarem a tomar outra dose de uísque.

— Nem sempre os sambas antigos são melhores — disse o terceiro dos homens sentados nos tamboretes, e que era, sem dúvida, um modernista. "Amélia" não é um samba antigo. Aliás, quase todos os sambas de Ataulfo Alves são bons e modernos. Como negar a beleza das melodias de Zé da Zilda, Monsueto, Haroldo Lobo, Wilson Batista, compositores que estão em plena atividade?

O saudosista então lembrou que nenhum dos citados poderia ser comparado a Noel. Parecia um argumento definitivo para todos, menos para o quarto pingente, que era o amante das frases feitas:

— Noel Rosa, o filósofo do samba, era um bom letrista, apenas.

O que gostava de tudo achou a frase bonita, mas o modernista, sem pensar nisso, lembrou os nomes de Ary Barroso e Dorival Caymmi.

— São ótimos. Vamos cantar um sambinha do Caymmi — propôs, animado, o que gostava de tudo.

E já estava tirando do bolso a sua caixa de fósforos para fazer a bateria, quando o saudosista rebateu com energia:

— Não me venham com mineiros e baianos que são todos falsos sambistas.

E nessa opinião, foi ajudado pelo das frases feitas, que sentenciou:

— O samba é um fenômeno altamente carioca.

— Isso mesmo — continuou o saudosista. — Dorival Caymmi é indefensável.

— Como um *penalty*! — disse o que gostava de tudo, inclusive de futebol.

A discussão terminaria logo depois com a chegada de uma mulher de generoso decote, muito elegante e bela: predicados, aliás, exaltados pelos quatro homens dos tamboretes, que concordavam pela primeira vez. Vinha acompanhada por um líder trabalhista, o que não era de estranhar numa mulher como aquela que devia amar acima dos homens, os latifúndios e o padrão-ouro.

Calados novamente, os pingentes do bar voltaram aos seus uísques, cujas doses o *barman* acabara de reforçar. Aos poucos a beleza da dama recém-chegada foi se incorporando ao ambiente e logo voltou a reinar a apatia.

Mas o modernista reagiu. Deu um gole no líquido amarelo em que boiavam cubinhos de gelo, passou a manga do paletó pelos lábios e cantarolou:

Você sabe o que é ter um amor meu senhor
E por ele quase morrer.

O que gostava de tudo quis logo saber quem era o autor dessa maravilha, e o saudosista informou com desprezo:

— É do Lupicínio, um gaúcho. Ele tem um outro samba que aconselha um rapaz a levar uma mulher de cabaré consigo, para construir o seu lar.

Ao ouvir tal coisa, o amante das frases feitas aproveitou a deixa e sapecou:

— O samba caminha a passos largos para o abismo do tango.

Nessa altura, o quinto homem sentado nos tamboretes — que era eu — resolveu ir dormir. Pagou a conta e saiu discretamente. Ao passar pela porta ainda pôde ouvir o início de um pungente "Mano a mano" cantado a quatro vozes. Finalmente os pingentes do bar chegavam onde queriam. "Mano a mano" é o derradeiro número — o prato de resistência dos que têm a mania de cantar quando se embebedam.

Mapa dos contos

O conto "Três coroas" foi publicado na coletânea *Solidão solitude* (1972), de Autran Dourado (Patos de Minas, 1926), autor mineiro que coleciona prêmios no Brasil e no exterior, como o Prêmio Goethe de Literatura e o Prêmio Camões (2000). Dentre seus livros, muitos deles traduzidos para várias línguas, cabe destacar *Ópera dos mortos* (1967) e *Os sinos da agonia* (1974).

"Crespúsculo de chumbo e ouro" é parte do romance *Aventuras provisórias* (1989), de Cristovão Tezza (Lages, 1952), romancista radicado em Curitiba, palco de suas principais obras, como *Trapo* (1988) e *Juliano Pavollini* (1989). Com *O fotógrafo* (2004), ganhou o Prêmio ABL 2005 para melhor obra de ficção.

"Ele e ela" compõe o volume *A ira das águas* (2004), de Edla van Steen, nascida em Santa Catarina e radicada no eixo Rio—São Paulo. Ela é autora de coletâneas de contos, como *Cheiro de amor* (1996, Prêmio Nestlé de Literatura), romances como *Madrugada* (1992 — Prêmio Coelho Neto da ABL) e peças de teatro, com destaque para *O último encontro* (1989 — que recebeu entre outros, o Prêmio da Associação Paulista de Críticos de Arte).

"Bar" foi tirado de *A face horrível* (1986), de Ivan Ângelo (Barbacena, 1936), ficcionista e jornalista mineiro, radicado em São Paulo, autor de livros consagrados pela crítica, como *A festa* (1976 — Prêmio Jabuti) e *A casa de vidro* (1979). Sua novela *Amor?* (1995) também ganhou o Jabuti.

"Dezesseis chopes" está publicado em *O melhor das comédias da vida privada* (2004), uma das recentes reuniões de textos de Luis Fernando Verissimo (Porto Alegre, 1936), autor de grandes sucessos de venda como *O analista de Bagé* (1981). Foi eleito, em 1997, Intelectual do Ano.

"Refresco de manga" é um conto inédito de Luís Pimentel (sertão baiano, entre Itiúba e Gavião, 1953), escritor de 20 livros, como *As miudezas da velha* (Prêmio Jorge de Lima, 1990) e *O calcanhar da memória* (2004). Com *Grande homem mais ou menos*, ganhou o Prêmio Cruz e Sousa. Mora no Rio de Janeiro.

"Todas aquelas coisas" compõe *Lindas pernas* (1979), de Luiz Vilela (Ituiutaba, 1942), autor de contos, romances e novelas, clássicos como *O fim de tudo* (Prêmio Jabuti de 1973) e *O inferno é aqui mesmo* (1979). Vilela foi o vencedor do Prêmio Nacional de Ficção

(1967) e tem livros publicados nos Estados Unidos, Alemanha, França, Inglaterra e Itália.

"Balaio" é uma das narrativas de *Faroestes* (2001), de Marçal Aquino (Amparo, interior de São Paulo, 1958). Escrevendo poesia, contos, romances, roteiros para cinema e literatura juvenil, é autor, entre outros, de *As fomes de setembro* (Bienal Nestlé de Literatura — 1991) e *O amor e outros objetos pontiagudos* (Jabuti — 2000).

"Lembranças de um dia luminoso" é um texto inédito de Ruy Espinheira Filho (Salvador, 1942). Dentre seus livros, merecem destaque *As sombras luminosas* (1981 — Prêmio Cruz e Sousa), *Memória da chuva* (1996) e *Elegia de agosto* (2005 — Prêmio ABL de Poesia 2006).

"Momento no bar" é uma das histórias de bar de Sérgio Porto (Rio de Janeiro, 1923-1968), publicadas originalmente em *A casa demolida* (1963). Mais conhecido na pele de seu personagem-escritor Stanislaw Ponte Preta, o grande humorista brasileiro da série FEBEAPÁ — Festival de Besteira que Assola o País, Sérgio Porto foi um homem do jornalismo, para onde levou a sua veia literária. É autor ainda, sob o próprio nome, de *Pequena história do jazz* (1953) e *As cariocas* (1967) e, como Stanislaw, de *Tia Zulmira e eu* (1961).

Este livro foi composto na tipologia Aldine 401,
em corpo 11,5/16, e impresso em papel off-white
90g/m² no Sistema Cameron da Divisão Gráfica
da Distribuidora Record.